JN117753

歌集

# 茅花

近藤芳仙

砂子屋書房

＊目次

I

## Ⅱ

装本・倉本　修

# 歌集

# 茅花

つばな

# I

## のっぺらぼう

何気なく見たる玻璃戸にのっぺらぼう誰の貌とも見分けがつかぬ

アレチウリのびひろごれる夢の中　人のなさけを逃れたき日に

ゆつたりと踏みしめゆかな　現なる古稀ちかき身のひとつの命

古稀といふ齢ひつさげ集ひくる久しき同級(とも)生よだれかれの老い

眼前の五体にきざす老いのこと互ひに言はず宴はたけなは

みやげにと持たせくれたるお手玉のパッチワークに友を見てゐる

年年の同級会に欠ける人一人二人と現はれきたる

## 更科の里

土間すこし低く掘られし竪穴式住居跡（ぢゆうきよあと）　復元されて集落をなす

二万年の歴史生きつぐ信濃人　記憶われらに刻まれてゐむ

姥捨の伝説残るここの地にひたむきに生きし民を想ふも

さらしなに夕方設けておよぶ陽の遠見ゆる川ひからせてをり

現在ははた茅花（つばな）ひろごる静か野にあるかなきかの風わたりをり

若き日になぐさめられし望の月　鏡台山に今宵しづけし

山姥のやうにこの坂下りて来し明き月夜の姥捨の道

若さゆゑの無謀なる旅　長野より職場がへりを一人月見す

## 野にありて——春

みづおとの高まる川辺アカシアは冬の枝ゆらし雲を刷きたり

春の陽をはじけるやうに受けとめてひらく蠟梅　図書館の辺に

蒲公英の直ぐ立つさまにすふ日差しそはそはとして畑見にゆく

玉葱と大蒜のびてあをくたつ冬を越えたる強さに満ちて

あをあをと杉菜むれたつ春の畑　農にたたかふ媼の気骨

野も山もせまりくるがの萌黄色　若かりし日のとほくかがやく

パソコンにかへて鍬もつ十余年はやも過ぎたり　古稀を迎へる

農家に育った私はやはり畑が好きで、鎌と鍬のみでする仕事では作物は少ないのですが、車で三十分ほどかけては草取りに通っています。戦後苦労しながら育ててくれた亡母の姿を時には思い出しながら、鍬を振っています。

## 桜

遠山をわたりくる風ぬくみつつ今年の花のほころびる音

咲き満ちて水面にうつる桜花　冬の古木のいまを華やぐ

濠の面の切りとる景色さかしまに桜くまなくうつされてをり

桜木は高き花弁をひらひらと一片ごとに舞ひしづめをり

年年の桜にかたりかけるがに訪れてゐる　また年を取り

塩田平

をろがみて見る御社の彫りものは風化の天女・虎・龍・牡丹　（塩野神社）

苔むせる多宝塔あり湯の街の北向き観世音生れまし跡　（常楽寺）

八角の三重塔の影をふみ師の御墓べにゆきつくところ　（安楽寺）

胡桃おはぎに憩ふひととき前山寺の太き欅に地蔵が笑まふ

独鈷山うつりこみたる溜池の遠近にあり　田植ゑの盛り

## 別れ

だしぬけの電話に別れ告げられて　癌病棟の人を想ひぬ

八丈へ船にゆきつつ黒潮の大きうねりに乗せる悲しみ

秘境なる御蔵の海に向き合へばオオミズナギドリ海面かすめる

八丈富士登りゆくとき男（を）の孫は歩調遅らせ吾にあはすらし

機上より島のいくつをかぞへつつ船にゆれたる三日前思ふ

ともに住みし

共にをればほほと一人に笑ひたる義妹（いもうと）も重き荷を負ひてをり

義両親（ふたおや）の看取りつづきに義妹の生はありたり我がかたはらに

ななつ上の義妹と住みし十五年　子が出でゆきし部屋に迎へて

我が家でありつつさうとは言ひ切れぬ澱のやうなるもの沈みゆく

二人子に別れて長き義妹の秘めもつ荷物　幼子の写真

老人ホームへ義妹をあづけ夫の逝く　病みさらぼひしを覚悟の上に

誰にも負わなければならない荷物のあることを承知はしていても、時には負担に思い不満に思うことがあります。肝臓がんを十三年病む夫の傍らで、だれにも打ち明けられない、また打ち明けてもどうにもならない錘のようなものを抱えての月日はとても長く感じられました。

## 歌と人と

小床出で歌を詠みたる夜をこえて眼鏡かけゐる目覚めのありき

逃れがたき性のやうなる歌詠みに疲れはすれど止むことは無き

「やつとるか」香川進の生の声　身罷りてなを時に聞こえる

『歌道小見』わたしくれたる山極真平　今も私のバイブルとなり

赤彦と千樫の歌集ポケットに若き日の師よ　会ひたくもあり

釈迢空の押し照る光かはるなく師の生涯を明るませをり

歌会をしてくださいと訪ひて受け入れられし十七年がある

## フランスⅠ

あくがれてフランス（イルドフランス）の旅おもひたつ　けふがその日ぞいざゆかむかな

夢心地に機より降り立つフランスに入国審査官ボンジュールマダム

なかなかに口から出ないフランス語せめてにつこりこんにちはといふ

大聖堂はシャルトルブルーのあをに満ち不思議の国へ吸ひ込まれゆく

心地よくひびく司祭のフランス語あをき波紋をたててよりくる

しづかなる笑みをうかべるマリア像ここに求めて娘（こ）はもちかへる

海中（わたなか）のモンサンミシェル（モンサンミシェル）白波に影をゆらせて照りはえてをり

灯をいだき夜の闇にうくシルエット秘密めくことはかり知れない

早朝の靄にうきたつカテドラル　粛々としてあたりを制す

引き潮を選りてあゆみし巡礼者堂内に見る砂地の広さよ

小さき町に迷ふしばらく振りしぼる英語に格闘するも通じず

オーヴェル

オーヴェルのゴッホ住みたる二階家の狭庭に小さき蒲公英の花

糸杉を描きて親しきゴッホの像　遇へてうれしき心地してをり

教会を描きにかよひし画家の背が　坂道の前あゆみゆくなり

向かうまでひろぐ麦秋　弟とならぶ墓石にそよ風の吹く

ルーブル（パリ）のダヴィンチの作　その深き思ひあふるる回廊にゐる

イエスを描きマリアをかきしダヴィンチの遺す深淵　およびがたかり

なにを問ひなにを訴ふおもひにかダヴィンチ遺す「古拙の微笑」

最期まで筆入れつづけしダヴィンチと絵の中にその思ひをさがす

シテ島の「白い貴婦人」幼子抱く聖母マリアの薔薇窓みあぐ

サントシャペルのステンドグラス　パリの優雅さここにきはまる

とらはれし王妃マリーのすごしたる宮殿の跡　小暗く湿る

マリー・アントワネットの囚人番号２８０最後の食卓ブイヨン・スープ
（１９３３・10・16処刑される）

オペラ座は古き社交場　くらがりのオペラグラスの男と女

パリのもつ膿のやうなる匂ひありここオペラ座の桟敷にたてば

オペラ座を一歩いづれば日本の本屋がありてユニクロがある

ビストロのオニオンスープの熱く濃し働く人の好めるものか

夕がすむエッフェル塔よこの古きパリに馴染みて灯りをともす

灯に飾りセーヌゆきかふ遊覧船　水辺ゆたかにパリのはなやぐ

# II

## 美ヶ原

涼風の霧ヶ峰よりわたりきて「美しの塔」の鐘を突きたり

ふきわたる風のまにまに友の声ちぎれては飛びまた聞こえくる

言ふときは言はねばといふまつすぐな言の葉風にさらはれてゆく

山のかなた街の景色をながめつつ　風なぐことにふと気づきたり

牧場の塩くれ場とふ石による牛の静けさ　生きゐる時間

列島をわたれる風のいきほふを夜をとほしきく眠らずにきく

めぐる日を生きてみようと思ふ日のまなく来たれり　一つ覚悟に

## 大和国原

古都奈良へゆくたび友は案内して吾を立たせたり大和国原

うまさけ三輪の御山に汲める水　柄杓浄めてなみなみ満たす

うら若き巫女が舞ひます鈴の音　けふしづかなる社にひびく

どこからか鶯もなく三輪山の麓いざふむ山の辺の道

満開のさくらさくらの道行きに足取りかるく古道をふむ

人麻呂の歌詠みおはす三輪の檜原　青垣の辺に佇みてみる

念道を引き手の山に妹を置きて山路を行けば生けりともなし

野にありて巨石横たふ石舞台　古墳に眠りしいにしへ人はも

落雷に罹災したまふ飛鳥大仏見上げる先の笑みやさしかり

皇子（みこ）眠る二上山をあふぎみる彼の『死者の書』を読みしこの目に

いにしへを呼吸してゐるごとき書の印像消えず　ふいに想はる

よろひ坂よぢてまみゆる釈迦如来生きて語れる迫力にあり

（室生寺）

朱くたつ五重塔のやさしさよ　細き石段いく重のさきに

会津八一詠みし柱のつきかげの「まろき柱」よ深き軒なり　（唐招提寺）

『おほてらのまろきはしらのつきかげをつちにふみつつものをこそおもへ』

唐招提寺金堂西側の木立の下に立つ碑に刻まれた会津八一の歌

楼門へふむ石段の一歩一歩　見目鮮しき牡丹花にあふ　（長谷寺）

日の本一の千手観音にひざまづき足のお指へ伏していのれり

こもりくの初瀬の山にある御寺　めぐりきたりて草餅を食む

フランスII

ニース

アクセント甘く優しくあないするドゴール空港乗り換への便

イタリアンフェアしてゐる遊歩道　試食のオリーブ殊更うまし

わが目には緑青色の地中海　小石の浜の水にふれたり

濡れて光る小石の浜のひとびとにそつとまじりぬ　海風はあを

海賊より守るとふ村は崖の上　街と海とを見下ろしてみる

プチトランに隘路ぬひつつ進む街　古きを護るあたらしさあり

舗道まではみ出してゐるカフェテラス陽気に笑ふ声にあふるる

ひそかにも互ひのみ手をつつみあふ映画ワンシーンのシニアのしぐさ

モナコ

紺碧へブーゲンビリアの咲きひろぐモナコにはかに華麗な気配

絨毯の赤く伸びたる階段は映画にて知るカジノ・ド・モンテカルロ

降り立つもなじめぬ我と知りてよりモナコはとほき国と思へり

買ふといふ行為何処もたやすくて食堂車内にコーヒーを飲む

TGV

メルシーと言へぬ我が口サンキュウを連発したりフランスにきて

プロバンス

噴水とプラタナスあをき並木道歩みゆきつつほぐされてをり

目にするは初めての鳥カササギを見つつテラスに朝食をとる

カササギは獰猛ですとギャルソンいふ　白と黒とに胴体太き

王国の結婚式につくられし練り菓子「カリソン」尋ねあがなふ

ミラボー通りにあふるる露店　オリーブ絵のテーブルセンター探し求める

鳥の声絶えず聞こえるアトリエにセザンヌの白衣汚れ激しき

ストーブとランプの横の長椅子に老画家の背丈はかりみてゐる

絵の中のサント・ヴィクトワール山どつしりと空を切りをり街のむかうに

教会の鐘きこえくる午後七時　西欧の陽ざしすこしもゆるまず

プラタナスの大葉に染まる木下道ここをあゆみて何処までゆく

石の村

ヴァントゥーの山すそ長くめぐりつつ行けども果てぬ葡萄畑は

ラベンダーの畑ひろごる修道院　質素な暮らし見える心地す

オークルの丘に赤赤そびえたつルションの村は童話の世界

シャッターを押すとふ身振りありがたく村の翁にカメラを渡す

歌に聞く（アビィニョン）サン・ベネゼ橋　突端の向かうを下る船に手をふる

「城壁の街」にぎにぎし　法王庁の栄華の果ての内をみまはる

## ユーロ紙幣数へることに慣れたるに日本へ帰る日の近づけり

海外に数日いると慣れが出て、旅行カバンひとつで移動する生活がだんだん板につきます。風にも言語にも風俗にもなじむのは不思議です。「今を生きる」思いはその場その場で精いっぱい見て味わう行動をさせます。帰りの飛行機が無事に日本につくのかも不明なことです。

脳動脈瘤　2016・2

映像に脳動脈瘤示される症状のなき頭なりしが

この医師の知名なるゆゑ子らのいふセカンドオピニオン不要なるもの

造影剤に映し出されし動脈瘤九・五ミリと知れば恐ろし

頭蓋内にステント・コイルの両方を留置すること医師はしづかに

「比較的難易度高き手術です」医師が言ひしはわがことなりき

治療法に選択肢あり　どれもわが命の保証百パーセントはなし

ゆきわたる造影剤と知る熱さ検査の脳のいづこゆくのか

こころなし白みし己が手をみあぐ造影剤に腎は耐へるや

動脈瘤破裂のおそれに籠る日々気温マイナスのニュースながるる

亡くなりし後のことなど思ひつつ一人の家を片付けてゆく

脳髄を手術されゆく不安あふれ　人にすがりぬ入院前夜

「だめだつたらごめんね」離り住む子らへの遺言　留守宅へ置く

住みなれし家いづるとき手術への覚悟は決まる　きつと帰らむ

賜りしお守りいくつに願ひこめ手術うく身はねむらむとすも

つきそはれ逃れやうなき手術台　言はるるがまま乗りてあふむく

四時間の麻酔を覚めてただざさむく娘と嫁にさすられてゐる

モニターの音にかこまれ過ごす夜目を覚ましては生きをたしかむ

「右足は動かせません」まどろみて目覚むるたびに看護師のいふ

夜をこえて他人病む声のきこえをり　いまだ幼き子の声なども

手術からの固定解かれし手と足の痛みが徐々にぶりかへしくる

咳一つすれば頭にひびきくるステントはいつなじみゆくのか

我が呼吸確保のためにいれられし管の傷ありごくんができぬ

立ち上がること許されぬベッドではひたすら水を飲んでみてゐる

さかり住む子供と孫がいれかはり励ましくるるしばし甘えむ

虎ノ門ヒルズの五十二階とふ夜半の明るさ　癒ゆればゆかむ

ティールームまで歩きたり東京タワー窓に大きく足を踏ん張る

ここ出でて長野の家に帰りゆく日も近からむ　強く立たねば

病院を出でたる足にのぼりたつ東京タワーに海を見てをり

野にありて——夏

暮れなづむ日差しにあかき見張田の水面ゆらしてアメンボのとぶ

水無月の小草かかぐる白十字ドクダミのびて黄の雌雄みす

垣に見るヘクソカズラに寄りゆけば白き花弁に紅つつむ

大空を音もなく舞ひ輪をえがく鳶きのふも繰り返しをり

畑のべの白き十字を瓶にさすドクダミ臭といふもまじへて

赤玉葱うすく刻むを酢につけて吾が体調の明日にそなへる

緑(あを)まして増えたる紫蘇を切りゆけば日がな一日紫蘇の香の中

夏陽ざし背を焼くほどの熱さなり梅雨明けの草取りゆくときに

乾きたる畑に降る雨にほひたち見る暇もなく吸はれゆきたり

雨晴れて照り返しくる夕光の焼き尽くさむとするか激しき

## 箱根

毎年場所を替えて開催される結社の全国大会は、誌上で目にしてゐる歌の作者に会ふ機会であり、旅の楽しさを味合わせてくれる時でもあります。

近づくにつれて濃くなる硫黄臭ここに生きつぐもののありしや

しろじろと上る噴煙きれもなし　黒き卵をうみつづけをり

真白なる富士をまぢかに赤茶けてひたすらあぐる噴煙がみゆ

## スーパームーン

同胞（はらから）に報せてこの夜おちつかずスーパームーンをいくたび見上ぐ

夜の闇の照らされてをりスーパームーンにたゆたへ出づる御魂もあらむ

## フランス Ⅲ

ボルドー

ボルドーの醸（う）み出すワインの色などを想ひつつ見る地平のかなた

水量も豊かにゆけるジロンド河　ワイン積みゆく船の幻影

めぐりゆく広場にひろぐ水鏡　風に波紋をおこしてはゆる

ルルド

ボルドーを出でて四時間　暗闇にルルド駅の灯見えてほつとす

ピレネー山脈の麓のルルド　長月も末の寒さの忍び寄りをり

ローソクの灯をかかげもち通りゆく人ら切れなし心うばはる

聖堂の前の信徒ら幾百のミサはじまれば闇もやはらぐ

透明なる光に進みゆくミサの賛美歌により終はりを告ぐる

洞窟の青きマリアにひざまづき見上げるまなざし巡礼者篤き

岩づたふ奇跡の泉　人々の列に連なり触れて願へり

恵みうくを求めて我らくみきたる「マリアの水」を日本にはこぶ

くれのこるピレネー山脈かがやきて秋の夕べをもどりがたしも

城壁に護られてゐる街（カルカッソンヌ）親し布に織られし地図をあがなふ

紀元前より要所でありしこの街の位置の確かさ　遠く見わたす

古代ローマの城塞都市　今の世にこの石積みのやさしくそびゆ

途方もなく長き時間の過ぎてをりローマ帝国の彼の時代より

## 帽子が遺る

「戦艦武蔵」の設計図出る報道に七十年の記憶がもどる

（2016・9九州三井造船）

第一次大戦（たいせん）のさなかに生れて第二次大戦（たいせん）に征きし父なり業といはむか

マニラ湾の暗き底ひの輸送船　父の戦死と空の骨箱

ふれたくはない感情は何ならむ戦没者父は未収容の一柱

木の箱に半紙一枚いれられて　それで終はりといふのか父は

骨として帰ることさへゆるされず寂しき父よ御霊やすかれ

色あせし写真のみにて確かむる戦死の父は二十七歳

『ビルマの竪琴』は九歳の衝撃　野ざらしの日本兵の骨

一日もかかさず湯あみさせゐしと記憶にはなき父のてのひら

息づかひも手のぬくもりも子に置かず征きたる父よ　帽子が遺る

軍務終へて夕べの床に故郷を想ひをりしや子のわがことも

ふるびたる木の筆箱は亡き父の名入りの形見ひとしれずもつ

検閲をうけし葉書のさびしさよ　思ひ出しては透かして見るも

肺炎に頼りの祖父も身罷りぬ　まこと寂しき家となるかな

戦争に始まる歴史　わかき母家長たるべく生きはじめたり

庭の面をゆききしてゐる蟻の列　畑よりかへる母遅かりき

リウマチに歩けぬ祖母と我とゐて農にいそしむ母を待ちゐき

母が里に預けられたる農繁期　牛飼ふ祖父と機織る祖母と

「あの人にお酌しといで」新しい父ちやん来たる宴の席に

年若き義父を迎へし五歳の日　かすかに憶えのあるを哀しむ

手をつなぐ父と子のゐてすれ違ふ　できないことを渇望したり

ははそばの母の気遣ひ目近に感謝の手紙賞を受けたり

（中学一年郵政省）

複雑な家庭にそだつ我が言葉ひかへめにする術をおぼえる

リウマチに歩けぬ祖母をリヤカーに村を見たるは孫の気概ぞ

戦死せし父残したるＤＮＡ　我に目覚めて生きるだらうか

南海の底ひにねむる父のこと忘れては想ひ想ひては忘る

父は昭和十九年八月フィリピンのマニラ湾で戦死、私は生後六ヶ月でした。

古稀すぎて入会したる遺族会「追悼式」は祈りのひととき

靖国神社刀にやどる英霊とききておろがむ　虚しかれども

靖国の御霊まつりのお灯明わが名のあれば亡父は見ますや

神饌の品々の前に進みゆき祈るも亡父を「ちちをかへして」

父二人われにあるとふこだはりも遥か彼方の雲居に失せて

ふるさとの山河にたくし家出でし二十歳もはるか遠くかすめり

供へたる飲食（おんじき）の味をともにして盆に返りし御霊にむかふ

## 検査

冬用の手術着ですとわたされて去年(こぞ)の手術のよみがへりくる

点滴の格別長きとおもふ針さされてそこより繫がれてゐる

手術室やはり冷えをり　横たはるベッド狭くてうごくもならず

モニターの画面が我をとりかこみもはや意志などどうでもよくて

注射せず肌上に貼られゆく麻酔　一つ一つを目に焼き付ける

いくたびも造影剤に熱くなり呼吸止めては医師の声まつ

一時間半といへども固定され検査されゆく生体われは

## アンソロジー螢——試み

草づたふ朝の螢よみじかかるわれのいのちを死なしむなゆめ　（斎藤茂吉）

馴染みたる茂吉詠みしは朝つゆに首赤くゐる小さき螢

暗道のわれの歩みにまつはれる螢ありわれはいかなる河か　（前登志夫）

前登志夫奈良より出でず足元の螢におのれの存在を問ふ

ほたる火をひとみ絞りて見つけ出しその息の緒に息あわせけり　（石本隆一）

畳み込む手法か石本隆一は螢の息に息をあはせる

籠を振りしばらくののち葉の陰に潜める螢の生きて光れり　（田土成彦）

籠振りて螢放ちし田土成彦（しげひこ）の罪の意識か生きを確かむ

草汁に米粒十ほど浮く夕餉螢飯とぞよろこぶ子らは　（桃原邑子）

米粒のわづかな食に戦争を乗り越えて来し桃原邑子（ゆうこ）の怒り

みずからを踏み台として喘ぎきぬ闇の里山ほたるを呼びに　（松浦禎子）

里山に螢を探す松浦（まつうら）禎子の苦悩はやはり知るべくもなし

街あかり及ばざる辺の蓬生にこもる螢のあをき明滅　（古市きぬゑ）

蓬生に螢の光みてをりし古市きぬゑも死してまうなし

# イタリア I

## ミラノ

おりたちしミラノ空港ローマ字に我が名をかざす現地人（ひと）をさがせり

この旅のハイライト『最後の晩餐』は見上げる位置に横に広ごる

キリストの最期のをしへ　十二使徒の様子くまなく見むと背伸びす

大理石に粗きノミ痕ピエタ像　一体のみありまじまじと見る

ミケランジェロ八十八歳の未完の作　追へど終はりのなき旅なりや

美術館に迷子となりし「日本の老婆」わがことなれば気落ちしてゐる

駆け足にめぐる（フィレンツェ）ミュージアム・ヴェッキオ橋　時間短き悔いの残りぬ

教科書の「ヴィーナスの誕生」見てこよう長蛇の列も楽しみのうち

沢山の名画に触れし目をやすめ屋上テラスに軽くランチす

船かよふ運河（ヴェネツィア）の水辺　朝おそきテーブルにのむ熱きエスプレッソ

運河の水すべるがにゆく水上バス揺れにゆだぬる心地よさあり

吹子ふくガラス職人島にゐて生み出す瑠璃を光らせてをり

あくがれのカフェフローリアンに生演奏ルパフェの甘味舌にやさしい

裁かるるために罪びとゆきし橋「溜息の橋」運河にちさし

ゴンドラにカンツォーネ聴く夕べには運河の水面きらきら光る

夕食は魚介のならぶトラットリア隣のマダムもロブスター食む

「飯くひ豆くひパスタくふ」食の習慣この旅に知る

ミラノ・ヴェネツィア・ローマの順に

## 道東の夏

流氷の寄する海面のイメージにけふ見る夏の知床はあを

海波のうちよせる岩白くそめカモメむれをり　せつなき声に

ながれくる「知床旅情」半島の波にゆれつつくちずさみたり

五湖をめぐる高架木道　草原はヒグマが通ふための道なり

奇岩つづく知床岬をおつる滝フレペはアイヌ語赤い水とふ

摩周湖の霧のときどき吹きあがり水面のあをが陽を照りかへす

津別峠の暗きにまたたく星々よ　娘夫婦と肩寄せてみる

砂嘴とよぶ野付半島　白く立つ木々の形骸墓標のごとし

渡り鳥たちよるといふ風連湖けふの水面は青色になぐ

納沙布に近く見えたる北方領土　引き揚げてきし歌友は八十歳

丹頂の嘴上げて鳴く釧路湿原　鶴には鶴の一世あるべし

ロンドンからパリへ

ダイアナ妃の婚に響きしパイプオルガン　セントポールへそを聞きにゆく

蹄の音ひびかせてくる騎馬隊のりりしき姿バッキンガム宮殿へむく

博物館のロゼッタストーン　三種類の古代文字みゆ深く彫られて

エジプトのコーナーしきりに探せども『死者の書』つひに見ることできず

古代文字読めないながら魅力あり布にありしを土産にしたり

テムズ川に添ふビル群のふときれて　ロンドン塔の暗く静もる

八咫烏の化身のごときカラスゐて塔の入り口護りは堅し

漱石が「百代の遺恨」と記したる拷問の部屋　地下の暗きに

牢獄の入り口につづくテムズ川「反逆者の門」口をあけをり

ユーロ圏に入る前には使ひきるポンドの残りでショコラあがなふ

海峡をユーロスターにわたりゆく二時間久に高揚せしわれ

## パリ

ガール・ド・ノール三度目なれば気やすくて懐かしささへ湧いてくるなり

ラファイエット百貨店　丸天井ゆるり眺めてコーヒーを飲む

パリ歩みシテ島にゆく道すがらエッフェル塔は旧知のごとし

この街に人知れずゐる心地よさ　赤バスに乗りどこへゆこうか

オランジュリー美術館

睡蓮にはまりしモネが描きつづく　絵と外界の境無きもの

池の面の睡蓮のみにかこまれる部屋の真中に息づかひ聴く

最晩年の画家が描きし睡蓮は水面に小さき赤き花なり

モネの画集

霧ににじむ太陽　日脚のぶる海「印象日の出」の冒険の跡

砂浜を黄緑・赤・青に描きおき　白くあらずと画家はいひをり

対象とおのれの間によこたはるものをこそ描く　画家のまなざし

画家モネが執着せしは形なき「大気のゆらぎ」「光のうつろひ」

変幻の中の瞬時をとどめるは短歌も似てをり　するながき道

モンマルトル

ステッキにロートレックの通ひたるムーランルージュは赤き灯の中

踊り子のポスターいまもそのままに陰影深き味はひをもつ

舞台にはフレンチカンカン始まりて闇の熱気に我らとけあふ

テオが家に住みたるゴッホ想ひつつモンマルトルの丘をながめる

高台のサクレクールに見放くればパリはものうき表情をする

似顔絵を描かむとイーゼルたてる人　邦人画家ゐて言葉をかはす

傾斜地の葡萄畑に屋根透かせ今出で来たるモンマルトル美術館（びじゆつくわん）みゆ

丘を降り螺旋階段を地下鉄へさらに降りるに深き底なり

太平洋の上の朝日を機より見る陽さへも日本の色をもちをり

## 拍動

カラカラと点滴台の音させて廊にいづるは新たな一歩

うめられしペースメーカー我が脈を支配してゐる　苦しさはなし

点滴の管はづされて自由の身　洗面台に顔をたしかむ

ガラガラと音を立てつつうがひする生きゐることに手触りのあり

いれかはる病室(へや)の人らをみるゆとり熱きお茶などくみきて渡す

左胸鎖骨の下にもりあがるペースメーカーなじみゆけかし

そしてまた生かされてゆくわが命朝晩の冷えに気持ちひきしむ

そこのみが我が聖域のごとくなりペースメーカーぷくりふくらむ

ざわざわとかゆみのおそふ左胸ペースメーカー埋めし傷痕

あの息の苦しさはなしフランスのモンマルトルの丘の坂道

心の臓パックンパックンしてをりし二週間前に予備知識なし

心電図に医師はすかさず「車椅子」医療センターの患者となれり

脈拍のことなど全くしらざりき三十九は危険領域

病名は「完全房室ブロック」よくぞ耐へたり我が心の臓

駆けつける息子夫婦を待ちてをり手術はやはり危険ともなふ

初めての血圧計を娘は置きて日ごと測るを説きて帰りぬ

一級の身障者我が車には四つ葉マークが幅を利かせる

野にありて——秋

大根の双葉の上をわたる風かすかに冷えて秋はきにけり

いづこより鳴き降らすのかかなかなの今日はひとときは高鳴きてをり

鎌にふれはぢける草の実のゆくへ　あはあはしもよ生（お）ふといふこと

昨夜（よべ）の風うけてゆれたる琵琶の木に黄色くまろき実数多（あまた）かがやく

けふ剪りしローリエの葉をもぎてほし何の足しにかなさむと思ふ

角切りのふかし芋さへ一品にオリーブオイルと抹茶にフォーク

近寄ればほのかに粕のにほひたち白瓜(うり)つかりゆく日々をときめく

足音のひそかなるをも聴き分けて草むらの虫はたとなきやむ

手をとらば永遠となる距離　満月と火星がならび大空をゆく

ゆく道へ裸木の影ののびてをり冬タイヤ履く季節となりし

さよならと帰りゆきたる人のこと　思ひつつ見るスリッパの癖

故里の空のあかるき夕ぐれを遠くたしかめカーテンをとづ

老いのこと書かれし記事をひろひ読む　一つ二つに覚えのありて

## 白い馬

幼日の記憶の底の白い馬「スーホの白い馬」にあばかる

おとうとと言ひたる白い馬死してスーホの作る馬頭琴鳴る

馬頭琴の二弦あやつる指の先モンゴルに吹く風うなり出す

ゴビ砂漠かけぬけてゆく駱駝ありジンギスハンの叫びたる声

## 母の旅

ひそかなる寄る辺といはむ亡き母のたまに思はれ心足りるは

思ひたち大正生まれの母がせし外つ国の旅　命がけなり

英語など聞くも少なき母にして単語かきたるカードもちをり

自分の名記したるカードしのばせて母の旅ゆきほぼとどのへり

おそるおそる行きしハワイにご満悦　母は旅づきシンガポールへ

パスポート出して見せては先の夢言ひし母はも　がんを患ふ

身うち六人送りし母の強くして葬儀万端ととのへて逝く

戦争に翻弄されし人生を生き終へし母　感謝あるのみ

義父もまた母に送られ逝きし人　彼の世にあへば語らひをらむ

第二次世界大戦で父を失った傷跡を母も私も生涯にわたって修復できませんでした。多くの人々が心に傷を負いながら這い上がってきたのに違いありません。戦争は人間の心が起こすもの、ＩＴによる戦争なども言われ始めました。起こさせないための人間の叡智を頼みに思います。

## 光る秋桜

波うちて光る秋桜　妹が出荷の花を抱きかかへくる

長月のグラジオラスの根葉とると黒ずむ爪をほこらかに見す

孔雀草の上枝の蕾ほころぶが出荷の日なりせはしなきかな

鮮やかな鶏頭をわが部屋に活け　納得顔に帰る妹

一月の半ばに花の苗くると農の仕事に隙間なかりき

『みおつくし』の世界

一本の電話にて聞く「見えないのです」糸たぐりつつ家をおとなふ

辛きこと口にはせずに明かるかり大正生まれは生きる背を見す

「島原の子守歌」ことに好きですと言ひし媼よ一人に生きて

亡き母と同じ齢(とし)なること嬉し　月に一度の歌会きめる

八十歳の手習ひですと張り切りて十六年の時過ぎてをり

長生きをしたとしみじみ智子さん息子の家の六年を経て

デイサービス受けてみますと自ずから言ひし日のくる　九十八歳

百歳にあとひと月となれる日に智子さん逝く　身じまひをして

『みをつくし』赤き歌集の一冊を息子夫婦に遺し逝きたり

そとふれし頬の冷たさ魂は黄泉路をすでにあゆみそめしや

生前に慈しみゐし野牡丹のひらきそめたり　媼たつ日に

千の風になると言ひゐし歌人をヘルパーさんと見送りて佇つ

新盆へむかふ夕空あかるませ円き月うく智子さんかも

黄泉路では手を引く役目せむといひし盲の願ひかなひをりしや

## 被爆地

広島（１９４５・８・６）

陽に風に崩壊すすむ原爆のドームを置きて展くヒロシマ

核兵器廃絶の夢　宇宙より撮られし地球あくまで青き

原爆のドームにならぶ楠は太き幹もち若葉そよがす

ふる雨が被爆の瓦礫あらひしやヒロシマの地に緑ひろごる

ノーモアヒロシマ・ノーモアヒロシマ資料館より叫びきこゆる

瀬戸内の海おだやかにヒロシマの繁栄けふもうながすごとし

昨日見たる石見の羅漢　我が洞に万の表情おくりたまひぬ

長崎（1945・8・9）

如月の長崎に立つ原爆柳あをみたる葉をなびかせてをり

禁教令にくるしみし後に被爆すと叫びは耳にこだましてくる

手をのばす平和記念像　戦争の悲惨をわれら語りつがねば

被爆者の焼けただれたるさま浮かぶ　「平和の水」の水をかけたし

戦艦のひな型を置く造船所平和なる世の見学コース

とほくきて平戸大橋わたりたり切支丹処刑の離島のみどり

いまもなほ口伝に信仰つづくとふ雨の生月灯台ちさし

テレビより「オラショ」となふる島人の声を聴きたりくぐもる声を

川水へうつるアーチに「眼鏡橋」呼ばれて古き橋をみあぐる

街をゆく人の貌さへ異人めくここ長崎の出島の歴史

カステラにカボチャにカルタビスケットブランコなども日本に根付く

カピタンの姿絵の皿カステラのザラメ嬉しく口にほほばる

「長崎へ」夢を句に詠み芭蕉逝く　限りある世に我ら生きをり

志はら九八花のうへ那る月夜かな

芭蕉は一六九四年五月江戸深川の庵を立ち長崎に向かうが途中大阪で五十一歳の生涯を閉じる。長崎市清水寺の境内に句碑が立つ。

東日本大震災そして福島（2013・3・11）

大揺れの地震（なゐ）やりすごし見るテレビ津波の渦が街を呑み込む

原発の事故が重なる被災地に　弥生の寒き風の吹くらし

しのばせてゆく線香もそのままに壊れ果てたる被災地を見る

大津波の渦に逝きたる人々の遠退く声ぞ浜にこだます

塩害の田の面に水の気配なくただいたづらに水無月の風

せめてもと土産求めて戻りきぬ　地震の傷跡目に焼き付けて

被災家族全国へ散る報道にわが市も受け入れ態勢をとる

ベクレルと耳新しき言葉聴く日々の紙面の放射線量

野菜にも家畜にもある放射能汚染　深山にさがすキノコにさへも

十年後のいまもなお、福島では原発事故の後処理が続き、故郷に帰れない多くの被害者がいます。

## イタリア II

あふぎ見てやがてゆかなむローマより塩野七生の呼ぶ声がする

日常は置き去りにしてたづねゆく二千年前のローマの遺跡

フォロロマーノのカエサル像に会ひて来し昨日を今日へ時のながるる

崩れのこる煉瓦の遺跡　けふをふく風の日向に見つくしがたし

遺跡群をゆきかふ人らは多民族われらも黄色人種の一人

そこここに配備されゐる軍人の迷彩服に気を引き締める

「地下鉄のB線けふは動きません」 駅員の言ふすげなき言葉

スマートフォンの地図をしめして片言のわれらに現地の人らやさしき

案内すと声掛けくるるローマ大生　日本に来たら返さむと思ふ

土砂のけて発掘されしは今世紀　古都オスティアへ期待高まる

古代ローマのゆかしき街跡　浴場のモザイクタイル陽をてりかへす

長年に風化のすすむ煉瓦の街いつから住むや蜥蜴がはしる

半日をめぐりきたりて一休みオスティアのパン殊更うまし

傘型にととのえられてならぶ松　吹きぬけてゆく風のさわやか

梅干しのやうにオリーブ食む友とローマの朝日浴びてやすけし

地下鉄の乗客となる大型犬　ふして主の足元にゐる

コイン二枚トレヴィの泉に投げいれる願ひは真に叶ふだらうか

カエサルの暗殺されし神殿跡平和なる世は猫の住処に

ヴァチカンは一つの国とされてをり聖人像の護るがに立つ

めぐりゆく礼拝堂の天井絵「最後の審判」は死出の関門

紀元前に生れしイエスの物語　西欧絵画にしばし向きあふ

朝なさな二ユーロをおく枕もとあはぬ相手へ心づけとす

まぢかなる駅中ビュッフェのトマト味わが胃にあへば幾たびもゆく

スマホ手にさがすカラカラ大浴場　水なき古跡に声が聞こえる

古代ローマ人は清潔なりしと想ひつつ大浴場をまわる一時間

遺跡群ねむれる古都の上空を白き軌跡にジェット機のゆく

野にありて——冬

わが畑の中心に立つ胡桃の木　感謝の酒に切り倒したり

切り株をあふるる樹液　なみだともオレンジ色に土ぬらしゆく

この家の厨をつなぐいくたりの女(ひと)のをりしよ我のあとさき

江戸期より建ちゐるといふ土の蔵　屋敷跡見つつかたしはじめる

嘉永びなの五人囃子を箱に入れ陽に晒しみる　たれが持ちゐし

わが想ひばかりに事を運びゆく躊躇はすれど誰かがせねば

ふるまひに使ひし皿や椀の類幾箱出でて往時しのばる

箱書きの明治もとほく　今の世の移り激しき時をうべなふ

ここの地に住まふ人なく荒れたれば我が片すもゆるされゆかむ

干し柿も林檎チップも出来上がりコロナに来れぬ子らへ送りぬ

干支の丑めぐりくる年明くるまで六日余りの急に愛しき

外出も制限されて終はりゆく歳末の辺に柚子を煮立てる

なしとげし喜びつたふ友の文字墨色も濃く線のふとかり

しやきしやきと白き大根刻みては冬の凍てつくベランダへ干す

わが窓の烏帽子岳けふは雪景色赤きマフラー巻いて出かけむ

## 仮想世界

二時間のゲームおはりのパソコンに「現実世界」の表記あらはる

逃避してゐたのではない現実の二時間余りゲームたのしみ

パソコンの仮想世界へ逃げ込んでゐたのか私　何を求めて

予測変換語（もぢ）卵、玉子とも書くをゆれといふ鶏冠をもちし親より出でて

ふらつかず四本足ならわたれるか塀の上ゆく猫が見てゐる

## 古事記

「日本に八百万の神御座します」宮司の古事記社殿にひびく

原文の漢字表記の読み難し現在(いま)を生きつつ古事記にふれて

諏訪大社にタケミナカタが祀られる　にはかに神の近づききたり

ヤマトタケル東征の道　横須賀に弟橘媛（たちばなひめ）の切り絵を見たり

注連太き出雲大社に詣でつつ国譲りとふドラマを想ふ

日御碕の奥処（おくか）に夜の神御座す細き登りに標すくなし

八重垣に媛を護りし古き宮　母娘（こ）が縁占ひてをり

かぎろひの燃ゆる叢林　伊勢の杜に玉砂利を踏む音ひびくなり

学童の一礼してはくぐりゆく熱田神宮楠の大鳥居

三年目の古事記の講義身に近く神社があれば立ち寄りてみる

## 家族葬

老人ホームに住まふ義妹　亡夫のあと後見人となりし十五年

あふたびに短歌やってますかとぞ言ひぬ　共に暮らしし月日のありて

骨折の手術を終へし病室に急逝したる身をひきとりぬ

ひつそりと家族葬して送り出す　なんとさびしき生でありしか

市役所が調べたるとふ義妹の娘より来る電話五十年ぶりに

コロナ禍に会ひ得ぬ義姪(めい)を想ひつつ縁の不思議はまだつづくらし

生きて会へぬ母娘(おやこ)の運命　文明の進みゐる世に未だあるなり

## コロナ禍

ウイルスのパンデミックに自粛して気がつけばもう葉桜のとき

目に見えぬウイルスのこはさ他の人を避けよと言はれ街にもゆけず

スーパーのレジに並ぶも二メートルコロナコロナと唱へつつ立つ

他人とは会ふな話すな楽しむな不織布なるマスクをつけて

ゆきちがふマスクに顔も見えざれば皆うつむいてもだして歩く

ウイルスも共存するといふテレビ　バランスとれる日などくるのか

県外の車がをれば蕎麦屋にも寄らずに帰る　暑き日中を

コロナ禍のテイクアウトをけふはしてマルゲリータをお家で食べる

会話からうつる恐れのウイルスに歌会もせず郵送に頼る

空の青ながめるときはたまらずに車走らす山・川・野原

奥山は紅葉さかりの頃なればいざなはれゆく高瀬川筋へ

ダム湖いくつ置く川の淵ふかくして高き水音ひびかせてをり

やまおろしに波立つ湖面　うつりこむ白樺ゆらしやがてしずもる

冷え冷えと澄みわたりゐる高山に　マスク外して深呼吸する

## 上海の月

コロナ禍にはじめたるもの我にあり　上海にゐる子へのメールも

春節に帰国し任地へ戻りし子　以来コロナに身動きできず

時折の散歩に撮りし写メールに言葉少なに子は返しくる

我が知らぬ中国人の気質など七十余人を束ねゐるらし

タイを経て上海に住む子の生活（たつき）　愚痴もこぼさず健やかにゐる

出征の父のをりたる中国に七十年経て子が赴任する

子は住みて我には未知の上海にこの満月の昇りをらむか

子の残す本に驚く『放任主義』自分の道を切り開きゆけ

（羽仁進）

ふた昔過ぎて職場の夢を見る　打ち込んでゐた証だろうか

冬季五輪開催の長野へ通ひをり駅で求めしピンバッヂもつ

残業に疲れて眠る新幹線　大宮までを往復したり

息子の齢と吾が五十代とが合致して同志のやうな思ひに至る

企業戦士でありし吾が夫息子と孫の同じ道ゆく姿護るや

## 日はめぐる

をさまらぬコロナ禍なれど日はめぐり喜寿を言祝ぐメールのとどく

祝はれて兆すさびしさ　心なしおぼつかなきを我が覚るゆえに

男（を）の孫の婚の知らせもさびしかり式は延期の未定の期日

新宿へ通ふ女（め）の孫目に見えぬコロナウイルスに立ち向かひゐむ

コロナ禍にワクチン接種のときを待つ高齢者より打つといふ日を

すこしずつ散歩の足をのばしゆき天然自然の営みに触る

かたぶきし陽ざしのつくる塀の影をどりこ草のさいてゐる道

暮れなづむ空を横切り影落とすカラスの群れの音なきわたり

ポストよりもてば磯の香たつ包み渦の鳴門の友健やかに

散歩より帰りつく部屋くらがりに飯炊ける音甘き香たてて

寝付かれぬ夜の長さへ並べおく羊千頭山のやうなり

ガス台を替へたと話す友のゐて命のときを考へてみる

如月の藤にはぢける時いたりかろき音して種をこぼせり

# あとがき

夫を送り第二歌集『柳は緑花は紅』を上梓した時に千葉の三浦さんから「こんなに早く死を詠んでしまって後どうするの」と感想を寄せられました。六十代半ばでした。しばらくどうするということもなく相変わらず歌誌「地中海」の信濃支社を纏めながら、県の老人大学（現シニア大学）短歌クラブの講師や六ヶ所の歌会と盲目の媼への月に一度の歌作りのお手伝いをつづけ、空いた時間には祖先からの土地の草取りなどをしていました。

年月はまたたく間に過ぎてとうとう古稀を迎えるまでになり、自分ながらに大変驚きました。普段認識はしていなくても確実に老いは進んでいるのです。やり直すこともできない待ったなしの人生、かけがえのない自分の命です。死んでゆくときに「ああ、いっぱい生きたなあ」とそう思ってゆけたら最高ではないかと思いました。

知りたいこともたくさんある、見たいものもたくさんある、古稀を迎えて急に欲張りになりました。この歌集は、それから喜寿を迎えるまで七年間の格闘の跡のようなものになりました。友に導かれての旅の歌が多いので記録のような部分もあるかと思いますが、これらの旅で多くを学ぶことが出来たのも確かです。外国を知ることで自国日本を再認識するという経験もしました。キリスト教の政治支配や権力者と芸術家との関係などにくらべ、日本の古事記の中に御座します神の姿に思いを馳せることもできました。また、二度の急を要する病気の体験からいつ果てるとも知れない命であることを身に沁みて感じました。

歌はほぼ暦年順に項目別にまとめ、日常詠を春・夏・秋・冬と分けて間に挟みこむ形で構成しました。短歌の型式や韻律についての理解には道半ばの感がありました。表記の点では花の名前など統一するかどうかに悩みましたが、作歌した時のままにしました。収録の歌数については、病気のことのほかに今まで触れなかった亡き父や義理の妹に触れたうえ旅の歌が加わり五百首に近くなりました。活字にして発表するのは心苦しいのですが、明日からまた詠み続ける歌のために一区切りしようと思います。

歌集名の「茅花」は、茅の穂で春、葉に先立って小花をつけ後に白い穂になり、日本全土にわたり原野、川原などに生える多年草です。地味ですが草原で風にゆれるさまはなかなか風情があり、見ているのが好きで一度使ってみたいと思っていたものです。

右往左往しながらようやく第三歌集までたどり着けました。日ごろから関係している多くの皆様に衷心よりお礼を申し上げます。

歌集の出版につきましては第二歌集でお世話になりました砂子屋書房の田村雅之様に、装丁は倉本修様にすべてをお任せしお世話になりました。

令和三年八月十三日

近藤芳仙

著者略歴

近藤芳仙（こんどう・ほうせん　本名　良子）

一九四四年　長野県生まれ
一九七六年　「地中海」入会
一九八九年　第一歌集『花霞』
二〇一〇年　第二歌集『柳は緑花は紅』
　現代歌人協会会員
　昭和一九年の会会員

地中海叢書第九四五篇

歌集　茅　花

二〇二一年一一月一日初版発行

著　者　近藤芳仙
　　　長野県上田市中央三—一五—一—九〇五（〒三八六—〇〇一二）

発行者　田村雅之

発行所　砂子屋書房
　　　東京都千代田区内神田三—四—七（〒一〇一—〇〇四七）
　　　電話　〇三—三二五六—四七〇八　振替　〇〇一三〇—二—九七六三一
　　　URL　http://www.sunagoya.com

組　版　はあどわあく

印　刷　長野印刷商工株式会社

製　本　渋谷文泉閣株式会社